AF440148

Sergio Marentes. 1983. Narrador y poeta bogotano. Fundador de colectivos artísticos y poéticos. Integrante de los comités editoriales de diferentes revistas y colectivos. Colaborador de diversos medios digitales en el mundo. Siempre ha logrado escabullírsele a las garras del sistema para no tener que ganarse la vida escribiendo. Es difícil de encontrar, nunca duerme y, siempre, está escribiendo algo. Algunos de sus poemas y cuentos han sido traducidos al inglés, al francés, al italiano y al portugués.

En äëïöü editores ya se publica poco a poco su obra completa bajo el título «Biblioteca Marentes». Algunos títulos son *Segunda poesía del poeta menos poeta*; *La diferencia entre invento y descubrimiento*; *Llagas en la vagina de Magdalena*; *Poesía, si no es mucho pedir* (Hexalogía compuesta por seis libros). Los 100 libros de la «Biblioteca Marentes» se encuentran enmarcados en diferentes géneros como lo son el aforismo, la biografía, la correspondencia, la crónica, la memoria, la narrativa, la oratoria, la poesía y los relatos.

En pocos rincones de la obra de Sergio Marentes encontraremos a su niño más poético como lo está en *Cincuenta bestias parloteando juntas*. A partir de un bloqueo creativo, en los tiempos en que fue oficinista, y de palabras que fueron cazadas al azar, de las personas y cosas que lo rodearon, el autor extrajo al poeta que alguna vez lo habitó, y que dormía, para resucitarlo. En estas páginas tenemos la prueba de que, a partir del brote que asoma en el asfalto, podemos y debemos de dejar que los bosques escondidos pueblen el mundo. Gracias a esta tarea titánica de escribir un aforismo y un relato a partir de una palabra cualquiera, este libro vio la luz y, tal vez, hará que quien lo lea atraviese las grietas que parecen infranqueables.

Sergio Marentes

Cincuenta bestias parloteando juntas

Prólogo de Edgar Tarazona Ángel

äëïöü
Narrativa

Biblioteca Marentes

Sergio Marentes

Cincuenta bestias parloteando juntas

Siempre estamos haciendo
ruido.
Sobre todo, si estamos
en silencio.

Sergio Marentes.

Cincuenta bestias parloteando juntas
Biblioteca Marentes - 34
Reservados todos los derechos
äëïöü editores

© 2014, Sergio Marentes
© 2022, äëïöü editores
ISBN: 9798839041424

äëïöü editores
aeioueditores@gmail.com

Para Carolina, voz.

Sin nosotros no habría otros.
Microbiología de la multiplicidad

Para empezar, y antes de dar mi opinión sobre el libro *Cincuenta bestias parloteando juntas*, debo decir que a este joven y talentoso escritor lo conozco hace bastantes años, porque fui uno de sus profesores de primeras letras, dado que cursó conmigo el quinto año de primaria; en esa época no mostraba una especial inclinación por la literatura y sí, más bien, por el dibujo. Bueno, como en toda telenovela que se respete, después de años de separación, sin noticias de este joven (yo lo digo desde mi séptimo piso, tengo casi el doble de su edad), él me encontró en las redes y volvimos a encontrarnos con la sorpresa de que estaba dedicado a escribir, sobre todas las otras actividades.

Sergio, o Checho como le digo en confianza, tampoco sabía de mi afición por la escritura; como profesor les inculqué el amor por los libros y algo de redacción, pero mis estudiantes nunca conocieron mi amor por escribir. Palabras fueron y vinieron hasta que me comentó de un portal en internet llamado *El rincón de los escritores*, donde se podía publicar sin costo alguno, y así fue como resultamos siendo colegas de letras y buenos amigos, hasta el punto en que me escogió como una especie de padrino para prologar este libro un poco loco (creo que todos los artistas y escritores tenemos algo de orates) y, por supuesto que acepté encantado y agradecido.

Desde que comenzó el oficio de escritor buscó la forma de hacerlo a su manera, eso que llaman estilo, y de veras lo consiguió; Sergio es original, hasta donde se puede serlo en un momento histórico en el que se afirma que no hay nada nuevo bajo el sol. Este joven escritor usa el cerebro para presentar sus letras locas de una manera diferente, y este libro es una muestra de que logró la originalidad.

Cincuenta bestias parloteando juntas tiene el encanto de la brevedad, como para lectores perezosos, y también el esquema es diferente a cualquier libro, es atractivo, además del título y la dedicatoria, el texto ocupa 150 páginas distribuidas de la siguiente manera:

50 palabras

50 minipoemas

50 minicuentos

¿Cómo así? Se preguntarán los que no han empezado la lectura y tienen ante sí este libro. La respuesta es que no se puede decir que sea de poemas o de cuentos, pues encabezando 50 páginas hay una palabra diferente, en la siguiente un poema y, en la siguiente, un relato muy corto. A cada palabra corresponde un poema y un cuentico, para completar así 150 páginas.

Parece muy sencillo, pero no creo que para lograr estos efectos mi amigo lo haya conseguido con un pase mágico. Ante todo, es cuestión de pensar y meditar bastante para llegar a este resultado escrito, que se lee en unos minutos, pero, para degustarlo, hay que releerlo dos o tres veces... o más. Es como un rompecabezas donde las piezas encajan de forma distinta en cada lectura. A mí me causó sorpresa, hilaridad, asombro y satisfacción por encontrar un escritor diferente.

Podría extenderme y decir muchas cosas de Sergio, pero me limito a felicitarlo porque hace lo que le gusta, y de manera novedosa. He leído otras obras suyas y me reafirmo en asegurar que estamos en presencia de un gran escritor en ciernes que pronto nos dará muchas sorpresas. Dejo para cada lector el trabajo de juzgar, analizar, criticar y cuanto se le ocurra este libro. Yo, lo recomiendo, y de paso todos los demás que tiene escritos este joven.

Edgar Tarazona Ángel
Envigado, junio de 2022

Tiempo

El tiempo dura lo que duran estas palabras.
Es tan corto que ya acabó.
Tan largo como se le recuerde.

El hombre mira su reloj de pulso. Falta una hora. Lo distrae un viejo que lee un periódico obsoleto. Le causa curiosidad que el periódico no es de la fecha, sino de mucho tiempo atrás y, aunque no parece abatido por el tiempo, sus hojas guardan la blancura virgen.

—Disculpe usted, señor, no quisiera incomodarlo, ni mucho menos, pero ¿ya se fijó que ese periódico no es de hoy?

—Claro que sí, por supuesto que me he fijado, muchacho —dice el viejo—, y, yo tampoco quisiera importunarte, pero, si no me equivoco ya llegó la hora de tu cita.

El hombre sorprendido mira su reloj: segundos luego de la hora de su cita.

Beso

No fue beso si no se roban trozos
de la otra piel.

—¿Por qué estamos haciendo esto?

—Porque es lo que hacen los que se gustan.

—Sí, me gustas...

—Y tú a mí, mucho —dijeron los labios antes de empezar a terminar de besarse con los otros labios.

Nube

*Las nubes son esos lentos gigantes
legendarios, ancestros del bosque
que vienen de la tierra hacia nosotros.*

Dos nubes conversan sobre el suelo y el cielo. Una de ellas le dice a la otra que le pareció ver la otra noche en el cielo un par de nubes gigantescas que luchaban por moverse un poco más rápido porque el día estaba a punto de llegar.

Su interlocutora le cortó diciendo:

—Yo he visto las nubes verdes del suelo, durante horas, y nunca se movieron. Ha de ser una bella vida esa de no moverse por cansancio.

Tráfico

Pocas cosas tan poéticas:
todos los autos yendo en la misma dirección
y hacia ningún lugar.

El hombre mira a la chica en el auto del lado izquierdo. Una mujer atractiva hasta el cansancio. La chica se ve distraída en sus cosas, mientras canta, al parecer, una canción romántica. El tráfico sigue inerte. La chica de repente destraba un llanto lento, y suelta un par de lágrimas pesadas y torpes. Ninguna parece saber que su destino es caer del rostro, se quedan colgadas sin afán. El hombre desciende de su auto para asistirla emocionalmente sin importarle que los autos de adelante de la fila se movieran, al fin. Cuando se asoma a la ventanilla de la chica, sorpresivamente la chica sonríe. El hombre le responde con una sonrisa leve. Un tanto aturdido, y da la vuelta para regresar a su auto, que ya no está.

Mentira

Esto, y todo,
puede llegar a ser una gran mentira.
Porque lo es.

Había prometido decirle toda la verdad. Se prometió sacar fuerza de sitios inenarrables. Preparó el terreno donde tendió su piel al sol. Se aplicó esencias por todo el cuerpo para que le viento mintiera por él. Confesó sus pecados la noche anterior para que el alma le pesara menos. Perdonó a todos los que creyó que debía perdonar. Se perdonó. Repitió diferentes letanías para el momento en que llegara el miedo. Repitió decenas de veces que él era su única salvación.

Llegó por fin, pero el espejo estaba vacío.

Teléfono

Un teléfono está vivo
si hay menos de dos usándolo.

Siempre que terminan las conversaciones telefónicas, de novios, es lo mismo:

—Cuelga tú.

—No, cuelga tú.

Así, unas mil veces, hasta que, uno de los dos al fin se animó. El más suicida.

Poste

El poste de luz nunca se queja de estar siempre vigilado y perseguido por la oscuridad.

El vagabundo y el perro siempre fueron muy amigos. Comían en el mismo plato, la misma comida, y se turnaban la lamida del recipiente al terminar. Dormían abrazados y se confundían dentro del otro como si se tratara de una pareja matrimonial. El problema venía, siempre igual, cuando alguien debía apagar la bombilla del poste.

Calle

La magia de la calle son sus ingredientes.
Van y vienen sobre ella
sin saber que son el mismo.

Un artista callejero maquilla la calle. Las personas que caminan sobre ella se reúnen a contemplar al creador en vivo. El hombre parece ignorar que está siendo observado por muchos ojos, incrédulos todos. Cuando llega la hora de recoger las colaboraciones, el artista deja, en su lugar, una silueta blanca sobre el asfalto.

Pared

*Las paredes, que sirven para casi todo,
no sirven para dividir. El bosque es uno solo.*

La ciudad está encerrada por cuatro paredes; o menos, nadie lo sabe. Sus habitantes tienen la posibilidad de conocerlo todo: desde el norte hasta el sur de la ciudad, y en el otro sentido de la rosa de los vientos, pasando por las siete maravillas locales. Pueden rodear la ciudad a lo largo de la gran pared mientras acampan o comen algún refrigerio y descansan un poco. Generaciones y generaciones así lo hicieron. Generaciones y generaciones así lo harán.

El problema, el único, viene cuando algún caminante desprevenido se encuentra con la única puerta que tiene la gran pared, y pregunta qué es.

Bala

La bala mata al que mata.
Y al que no mató, porque vio morir.

La bala salió en línea recta hacia Dios con la esperanza de acertarle, por fin, el tiro de gracia y exhibirlo luego como trofeo de guerra. Sin acertar el objetivo, la bala regresó, también en línea recta hacia el sito del disparo. El hombre murió. De Dios aún se esperan noticias.

Mago

La magia existe a partir de dos que la ven.

Todo estaba claro: cuando el mago dijera las palabras mágicas, saldría del sombrero. Llegado el momento, el mago encantó al público con sus palabras y manos hipnóticas.

Había llegado el momento.

El rostro de sorpresa de todos los asistentes fue compartido: el conejo usó las palabras mágicas que no eran.

Paz

*La paz es un sitio donde todo el ruido
lo hace le silencio.*

—Por favor, no más —dice el viejo.

La banca, impertérrita, lo sigue sosteniendo sin decir una palabra, sin moverse un centímetro.

—Me estás hiriendo —continúa el hombre.

La banca observa al viejo, con un pájaro chico sobre su hombro, picándole el rostro, entre las arrugas. Luego de un rato, el pájaro sale volando, con una aguja hacia el pajar.

Ventana

La ventana es espejo si alguien ve a través.

—Para las ventanas, todos estamos dentro —dice la mujer limpiando el marco.

—Yo, por el contrario, creo que las ventanas no tienen ni idea que vemos a través de ellas —replica el hijo.

—No —corta ella—, yo pienso que ellas ven hacia el paisaje siempre, en todos lados, por supuesto. Quiero aclarar que la idea de paisaje puede variar desde la que da hacia el mar como la que da hacía un muro pintado de blanco, o hasta esas extrañas ventanas modernas, ubicadas en los tejados, que dan hacia el cielo.

—Yo creo que si fueran tan videntes como dices, también mirarían hacia adentro de sus transparencias, donde quedan los recuerdos que no logran traspasarlas cuando vemos a través de ellas.

Billete

*Un papel convertido en billete vale
lo que vale quien lo atesora.*

La puta recibe el billete. Se lo da a su hijo al día siguiente para la merienda en el colegio. El chico lo usa, efectivamente, a la hora del descanso y recibe monedas de cambio. El dueño de la tienda, junto con otros billetes muy usados, se lo entrega a la dueña de la casa donde vive, pagando la renta. El panadero se lo recibe a la señora a la mañana siguiente a cambio de cinco panes, lo guarda en su bolsillo delantero con otros cien billetes y sigue haciendo pan sin lavarse las manos. Una niña lo recibe a cambio del tesoro que encontró en su alcancía luego de un año. La niña se lo presta a su hermana para ir al cine con su novio. En la confitería del cine, lo reciben por parte de pago. El mensajero de la empresa de cine lo consigna al día siguiente en el banco. Esa misma tarde, un viejo jubilado lo retira para pagar sus exámenes de próstata. El viento se lo arrebata cuando el viejo quiere sacarlo del bolsillo. El mendigo lo halla. *Para otra puta*, piensa.

Bicicleta

*La bicicleta, como el mundo,
hay que mantenerla en uso
para mantenerla viva.*

De los pedales se desprende un chorro de luz como la primera vez que el chico la montó. En esta ocasión quien la monta es una niña que vive debajo de unos rizos de sol. La niña sonríe mientras pedalea, nadie ve su sonrisa, aunque es como un relámpago. Por donde pasan, ella y la bicicleta, quedan huellas de colores que se evaporan con rapidez hacia las nubes.

Cuando la niña se cansa de pedalear, y de sonreír, deja la bicicleta a un lado y dice: *me voy a jugar con el arcoíris.*

Libro

*Todos venimos de un libro
que nos parió al abrirse.*

Y de repente, de la nada, como había encontrado la primera página del libro, encontró la última. La leyó en voz baja. Luego de la última palabra dejó de ser un ángel.

Piedra

*Las piedras son fuertes y pueden vivir
en cualquier hábitat. Un corazón, por ejemplo.*

La piedra llegó cansada de caminar. Vino ungida de los cuatro elementos. Vino vestida de Dios. Vino a quedarse hasta su siguiente vida.

Luz

La luz es gratis, como todo lo finito.

Cuando estaba a punto de morir, recordó que cuando tenía seis años encendió la luz del sol para que los fantasmas estuvieran menos solos.

Aún no la apaga.

Lápiz

Un lápiz ejerce dentro de una mano ejerciendo.

Aún no se decidían los trazos. Parecían querer seguir ocultos en el lápiz. El artista lo sostenía con sutileza.

—¿Qué pensará un lápiz con todo el arte adentro? —suelta el artista sin pensarlo dos veces.

De repente, como cae un relámpago, el hombre vislumbró el camino para llegar al arte: tajó la punta del lápiz.

Ocaso

El que cae no es el sol sino el que lo ve caer.

El cielo, con pinceladas naranjas, desde el infinito, le inundó el pecho de recuerdos. El viejo suspiró largamente, estaba listo para no tener más recuerdos.

Diente

El diente muerde, la lengua no.
El diente es ciego; la lengua, sus ojos.

El muchacho vio cómo su hermano depositaba su antiguo diente bajo la almohada. Al día siguiente vio cómo su hermano sonreía por el canje. Esa misma noche, bajo su almohada depositó muchos dientes de broma. Al día siguiente, bajo su almohada, había muchos dientes de verdad.

Duende

Todos los duendes vienen, como los milagros,
de donde negamos ser.

El viejo supo que aún era niño cuando vio, en un rincón de su cabeza, un duende jugar con la pelota de goma que le regaló su padre cuando tenía seis años. El día anterior.

Camino

*El camino se construye
con huellas de caminantes
que no siguieron ningún camino.*

Cuando el caminante se detuvo a desandar el camino comenzó, por fin, a caminarlo. Comenzó por sus huellas, que le eran familiares; luego sus pies, luego sus piernas. De la misma manera vino el tronco, aunque este era por completo desconocido por los pies. Luego, tras recorrer los brazos, llegó a sus manos y, por miedo a perderse, no tomó ninguno de los diez caminos. Por último, llegó a su cabeza y, sin haberlo siquiera imaginado, vio todo lo que era él: un camino con dos ojos y, apenas, dos pies.

Pelo

Por un pelo unos se salvan;
dos pelos son ya mucho para llevar bitácora.

El pelo del viejo se decidió a no salir más.

—Muchos años de trabajo —dijo—. Necesito jubilarme. Ya me cansé de ser negro, luego blanco. El viento necesita ser libre.

Patada

*Por llevar una vida de patadas,
algunos balones deciden desinflarse.*

Contaron los niños que el balón, un tanto harto de ser pateado por ellos, por la vida, pateó al niño más cercano. Contaron los niños luego que el árbitro no sancionó la falta.

Arco

Antes del arco y la flecha está el carcaj.
Allí las flechas se preparan para dejar de serlo.

El chico tensó el arco. Fijó su mirada en la diana. Disparó. La diana sonrió y se ubicó en donde la flecha caería.

Cruz

Detrás de la cruz siempre cabrán
más personas.

El vago quería morir de muerte natural. Su filosofía principal era que nadie debe esperar que otro haga algo por uno mismo. Por eso no quería ni deberle a la muerte.

Todos los días repetía la misma letanía: *Cargo mi propia cruz para no matar a nadie.*

Árbol

El árbol se tuerce sin padres que lo eduquen.

Estaba decidido: le propondría hacer el amor en el árbol.

—¿Por qué en el árbol? Jamás lo hubiera imaginado, estás loco.

—Y tengo muchas más ideas.

La cita fue, al fin, a las diez de la noche. Subieron con desequilibrio e incomodidad y no con poco miedo. Se ubicaron sobre una rama fuerte y se sostuvieron con sus dedos entrelazados. Se besaron con frenesí. Se desnudaron velozmente.

Luego de media hora de espera, la chica cerró las piernas sin consumar el hecho: él no logró una erección.

Luego de nueve meses, ella dio a luz a un arbolito torcido de familia aún desconocida.

Alba

*Las noches se funden con las luces
y paren los días. Siempre, uno diferente.*

El niño se entrega a los juegos, los hace suyos, se hace de ellos. Piensa que el día puede terminar y, con él, los juegos. Al alba, todos los juegos son nuevos.

Jardín

*El sueño del jardín no siempre quiere cantar
la belleza del jardín vecino.*

La flor argumentó estar cansada del jardín. Solía coquetear con los hombres que caminaban y se quedaban viéndola.

Una mañana un hombre la domó y la hizo suya. La vistió con cintas de color y se la entregó a una dama, casi tan bella como la flor. La flor jamás sintió ser tan especial. Dicen que murió, días después, de desamor.

Puerta

*Dice el pergamino: si tocas a mi puerta,
todos los secretos son tuyos.*

Al fin se decidió a abrirse antes de que el hombre se cansara de tanto golpearla.

La puerta se decidió a abrirse y a dejar salir al hombre a donde quería entrar.

Pintura

*Quien se esconde detrás del color
nunca será tan limpio como sus pecados.*

Tenía el alma devastada, acababa de morir su madre. Nadie quiso acompañarlo en esos últimos momentos de vida de ella, todo venía a pique y nadie, al parecer, quiso contagiarse.

—Hay que pintar la casa —dijo al fin.

Museo

El museo es valioso si está lleno de gente.

Se citaron en el museo, al lado de la reliquia romana del primer siglo. Acordaron conocer a sus antepasados primero.

Ladrillo

El mundo está hecho de ladrillos.
El mundo está hecho de pequeños mundos.

—Mientras pego los ladrillos —le dijo al muchacho que lo veía alinear la mampostería, con un cigarrillo, sin encender, en la boca—, pego también el mundo.

Hueco

Sobrevive lo que no cae en un hueco,
aunque no crezca.

—Es algo así como debe verse aquello de la luz al final del túnel —dijo sorprendido.

Había caído en un hueco —*como para un estudio antropológico*, pensó—, en donde cabrían unos diez hombres adultos de pie y sin apreturas, que no tenía señalización de ningún tipo.

—Es algo así como debe verse aquello de la luz al final del túnel —dijo saliendo del hueco.

Lujuria

*El rojo y sus derivados
son la lujuria de la luna llena.*

Se recorrieron todos los cuerpos con sus propios cuerpos. El calor de las pieles seguía en ascenso.

Se recorrieron todas las partes del cuerpo, con todas sus partes. Cuando llegaron a la puerta del alma, cambiaron de camino, guardaban más lujuria los lóbulos.

Llanto

*El que llora emana ríos que van a desembocar,
como todos, al mar.*

La niña jugaba en el jardín a ser una azucena. Sopló sobre su madre afirmando que le aplicaba un perfume exquisito de azucena genuina. La madre la abrazó tanto que la cercenó de la tierra.

Las lágrimas regaron el jardín por siempre.

Vacío

*Vacío también es un sitio lleno de un todo
de nadie.*

El viejo habló por medio día sin respirar. Contó tantas historias como minutos. Nombró tantos lugares como segundos. Dentro de la ráfaga de palabras, inconexas, por momentos dejó escapar algunos «yo» y, de repente, algunos «él» refiriéndose a sí mismo en tercera persona. Tomó sólo un par de sorbos de agua, es decir, a los oyentes sólo les dio un par de opciones de respirar.

—No vayan ustedes a pensar que no me importa lo que piensan —dijo en el minuto treinta y uno.

—No se preocupe, en absoluto —dijo otro viejo—, los llenos están más vacíos.

Polvo

Polvo somos,
siempre que seamos tan livianos.

El niño llega con el puño cerrado.

—¿Qué traes ahí? —dijo la madre.

—Polvo de estrellas —dijo el niño agitando sus manos apretadas—. Afuera en el jardín hay bastante.

La madre aprueba con una sonrisa y sigue en su labor. El niño se deshace de lo que lleva en las manos, un polvillo brillante que deja sobre la mesa mientras lo observa ser.

El niño toma impulso con los pulmones y lanza un resoplido. El polvo lo baña todo. Fue la última vez que se vio la casa del niño atada al mundo.

Botón

El mundo jamás vuelve a ser el que era cuando inventan el botón que lo controla todo.

El hombre se levantó como todas las mañanas, a la hora de siempre. El sol, extrañamente, aún no asomaba.

—Alguien olvidó apretar el botón —dijo.

Cuchillo

El cuchillo no tiene remedio,
corta el alimento y las venas por igual.

Empezó cortando los tomates por la mitad. Luego en rodajas finas, casi transparentes. Para completar la receta de su cena, el caníbal sacó rodajas de sus dedos. Casi parecía radiografías de alguien que había sobrevivido a esa hambruna.

Raíz

Con la lentitud de las piedras, brotó una extraña planta. Tenía cara de raíz, cuerpo de raíz, olor a raíz. Las nubes más bajas lo notaron y creyeron que el mundo había enloquecido.

—Un día de estos nos enredan esas ramas y nos convierten en follaje —dijo una.

—Es una raíz valiente, rebelde —aseguró su compañera.

Firma

*Para verle el alma a un hombre
hay que verlo viendo su propia firma.*

Estampó la firma sobre la pared. Se componía de la silueta de un hombre, luchando con un mamut.

Lentes

*Dos lentes son suficientes para los ojos,
no para el mundo.*

El escritor puso el punto final de esa historia que tanto sudor le costó.

El punto no tenía forma de punto, tenía forma de puerta. Frotó sus ojos y se retiró los lentes. La puerta tenía forma de punto.

Bastón

*El anciano usa su bastón
para que el mundo se sostenga.*

Chaplin hizo movimientos graciosos con el bastón durante toda la película. El niño practicó durante días. Chaplin era su héroe.

El día de la audición, en la sala de su casa, todo salió bien, menos que el bastón no era mudo.

Vapor

Quien corre,
nada más por igualar la velocidad de otro,
es vapor.

El baño sauna, como de costumbre, derretía a los hombres. Uno a uno se fueron retirando dejando solo al muchacho. El muchacho, con los ojos muy cerrados, ignoraba su soledad, o, mejor dicho, que su única compañía era el vapor.

El muchacho soñó que era un río libre, sin cauce, que corría por el mundo a su antojo.

Soñó luego que el sol lo evaporaba para convertirlo en nube.

Ser nube no resultó tan malo, veía todo el paisaje y todo el mundo. Ser nube no era tan malo, el baño sauna no lo dejaba escapar.

Agua

El agua carga ese sordo grito
de todas las eras juntas.

Se bañaba con el agua que brotaba de la fuente.

—Soy parte de la ciudad, y ella de mí —argumentaba el vagabundo.

Pestaña

*Las pestañas cumplen deseos y guían al ojo,
que es lo mismo.*

La bella chica batía sus pestañas como si repitiera unas palabras mágicas para realizar un truco. Cuentan que todos los hombres parecían conejos al caer, y palomas al irse de sus brazos.

Gato

Nunca seremos gatos:
caemos avergonzados, no de pie.

Todas las noches, y lo mismo durante sus anteriores seis vidas, el gato subía al tejado a gritar que lo mataran de una puta vez.

—Maúlla —decían los vecinos.

Balón

*Para el balón el mundo es infinito,
nunca deja de rodar.*

El papel de regalo dibujaba una circunferencia, casi perfecta. El niño imaginó que era un mundo entero, para él solito, donde podría encontrar lo que quisiera: amigos portentosos, juegos sin inventar, villanos fáciles de vencer. Así siguió durante horas. Cuando ya no pudo imaginar más cosas dentro de ese mundo, destapó su balón

Este libro se terminó de imprimir cuando
descubriste que eras una bestia.

Otros títulos de la *Biblioteca Marentes*

Poesía
Confesiones del poeta inmune al tiempo
Veinte desesperados y una de desamor

Narrativa
Lúcida como el agua
Anverso de la cruz

Aforismo
Viajes infinitos del cometa sin nombre
Lo que siempre no nos dijeron

Biografía
Ramsés Parra, poeta de la oscuridad
Otros Seis eslabones de la cadena

Correspondencia
Pedidos irresponsables al novelista del futuro
Epístolas del poeta para sus lectores

Oratoria
Quiero decirlo, aunque ya para qué
Pociones que no vieron la luz

Relatos
Otro se lo imaginó
Los espejos están adentro

Novela
Grieta viva
Baraja parlante